ALGUMA POESIA

ALGUMA POESIA

CARLOS DRUMMOND DE ANDRADE

POSFÁCIO DE
RONALDO FRAGA

nova edição

EDITORA RECORD
RIO DE JANEIRO • SÃO PAULO
2024

CONSELHO EDITORIAL
Afonso Borges, Edmílson Caminha,
Livia Vianna, Luis Mauricio Graña Drummond,
Pedro Augusto Graña Drummond,
Roberta Machado, Rodrigo Lacerda
e Sônia Machado Jardim

EDITOR-EXECUTIVO
Rodrigo Lacerda

GERENTE EDITORIAL
Duda Costa

EDITORA ASSISTENTE
Thaís Lima

ASSISTENTES EDITORIAIS
Caíque Gomes e Nathalia Necchy (estagiária)

PROJETO GRÁFICO DE CAPA E MIOLO
Leonardo Iaccarino

FIXAÇÃO DE TEXTO
Edmílson Caminha

CRONOLOGIA
José Domingos de Brito (criação)
Marcella Ramos (checagem)

BIBLIOGRAFIAS
Alexei Bueno

REVISÃO
Glória Carvalho

DIAGRAMAÇÃO
Marcos Vieira

AUTOCARICATURA (LOMBADA)
Carlos Drummond de Andrade, 1961

FOTO DRUMMOND (ORELHA)
1932. Arquivo Carlos Drummond de Andrade
/ Fundação Casa de Rui Barbosa

CIP-BRASIL. CATALOGAÇÃO NA PUBLICAÇÃO
SINDICATO NACIONAL DOS EDITORES DE LIVROS, RJ

C218r
24. ed.

Andrade, Carlos Drummond de, 1902-1987
Alguma poesia / Carlos Drummond de Andrade. - 24. ed. -
Rio de Janeiro : Record, 2024.

Inclui bibliografia
ISBN 978-65-5587-461-7

1. Poesia brasileira. I. Título.

22-75375

CDD: 869.1
CDU: 82-1(81)

Camila Donis Hartmann - Bibliotecária - CRB-7/6472

Carlos Drummond de Andrade © Graña Drummond
www.carlosdrummond.com.br

Todos os direitos reservados. Proibida a reprodução, armazenamento ou transmissão de partes deste livro, através de quaisquer meios, sem prévia autorização por escrito.

Texto revisado segundo o Acordo Ortográfico da Língua Portuguesa de 1990.

Direitos exclusivos desta edição reservados pela
EDITORA RECORD LTDA.
Rua Argentina, 171 – Rio de Janeiro, RJ – 20921-380 – Tel.: (21) 2585-2000.

Impresso no Brasil

ISBN 978-65-5587-461-7

Seja um leitor preferencial Record.
Cadastre-se em www.record.com.br e receba informações
sobre nossos lançamentos e nossas promoções.

Atendimento e venda direta ao leitor:
sac@record.com.br

EDITORA AFILIADA

SUMÁRIO

11   Poema de sete faces
13   Infância
14   Casamento do céu e do inferno
16   Também já fui brasileiro
17   Construção
18   Toada do amor
19   Europa, França e Bahia
21   Lanterna mágica
26   A rua diferente
27   Lagoa
28   Cantiga de viúvo
29   O que fizeram do Natal
30   Política literária
31   Sentimental
32   No meio do caminho
33   Igreja
34   Poema que aconteceu
35   Esperteza
36   Política
38   Poema do jornal
39   *Sweet Home*
40   Nota social
42   Coração numeroso
44   Poesia
45   Festa no brejo

46	Jardim da Praça da Liberdade
48	Cidadezinha qualquer
49	Fuga
51	Sinal de apito
52	Papai Noel às avessas
54	Quadrilha
55	Família
56	O sobrevivente
57	Moça e soldado
58	Anedota búlgara
59	Música
60	Cota zero
61	Iniciação amorosa
62	Balada do amor através das idades
64	Cabaré mineiro
65	Quero me casar
66	Epigrama para Emílio Moura
67	Sociedade
69	Elegia do rei de Sião
70	Sesta
72	Outubro 1930
75	Explicação
77	Romaria
79	Poema da purificação
81	Posfácio, *por Ronaldo Fraga*
91	Cronologia: Na época do lançamento (1927-1933)
105	Bibliografia de Carlos Drummond de Andrade
113	Bibliografia sobre Carlos Drummond de Andrade (seleta)
123	Índice de primeiros versos

ALGUMA POESIA

A Mário de Andrade, meu amigo

POEMA DE SETE FACES

Quando nasci, um anjo torto
desses que vivem na sombra
disse: Vai, Carlos! ser *gauche* na vida.

As casas espiam os homens
que correm atrás de mulheres.
A tarde talvez fosse azul,
não houvesse tantos desejos.

O bonde passa cheio de pernas:
pernas brancas pretas amarelas.
Para que tanta perna, meu Deus, pergunta meu coração.
Porém meus olhos
não perguntam nada.

O homem atrás do bigode
é sério, simples e forte.
Quase não conversa.
Tem poucos, raros amigos
o homem atrás dos óculos e do bigode.

Meu Deus, por que me abandonaste
se sabias que eu não era Deus
se sabias que eu era fraco.

Mundo mundo vasto mundo,
se eu me chamasse Raimundo
seria uma rima, não seria uma solução.
Mundo mundo vasto mundo,
mais vasto é meu coração.

Eu não devia te dizer
mas essa lua
mas esse conhaque
botam a gente comovido como o diabo.

INFÂNCIA

A Abgar Renault

Meu pai montava a cavalo, ia para o campo.
Minha mãe ficava sentada cosendo.
Meu irmão pequeno dormia.
Eu sozinho menino entre mangueiras
lia a história de Robinson Crusoé,
comprida história que não acaba mais.

No meio-dia branco de luz uma voz que aprendeu
a ninar nos longes da senzala – e nunca se esqueceu
chamava para o café.
Café preto que nem a preta velha
café gostoso
café bom.

Minha mãe ficava sentada cosendo
olhando para mim:
— Psiu... Não acorde o menino.
Para o berço onde pousou um mosquito.
E dava um suspiro... que fundo!

Lá longe meu pai campeava
no mato sem fim da fazenda.

E eu não sabia que minha história
era mais bonita que a de Robinson Crusoé.

CASAMENTO DO CÉU E DO INFERNO

No azul do céu de metileno
a lua irônica
diurética
é uma gravura de sala de jantar.

Anjos da guarda em expedição noturna
velam sonos púberes
espantando mosquitos
de cortinados e grinaldas.

Pela escada em espiral
diz-que tem virgens tresmalhadas,
incorporadas à via láctea,
vaga-lumeando...

Por uma frincha
o diabo espreita com o olho torto.

Diabo tem uma luneta
que varre léguas de sete léguas
e tem o ouvido fino
que nem violino.

São Pedro dorme
e o relógio do céu ronca mecânico.

Diabo espreita por uma frincha.

Lá embaixo
suspiram bocas machucadas.
Suspiram rezas? Suspiram manso,
de amor.

E os corpos enrolados
ficam mais enrolados ainda
e a carne penetra na carne.

Que a vontade de Deus se cumpra!
Tirante Laura e talvez Beatriz,
o resto vai para o inferno.

TAMBÉM JÁ FUI BRASILEIRO

Eu também já fui brasileiro
moreno como vocês.
Ponteei viola, guiei forde
e aprendi na mesa dos bares
que o nacionalismo é uma virtude.
Mas há uma hora em que os bares se fecham
e todas as virtudes se negam.

Eu também já fui poeta.
Bastava olhar para mulher,
pensava logo nas estrelas
e outros substantivos celestes.
Mas eram tantas, o céu tamanho,
minha poesia perturbou-se.

Eu também já tive meu ritmo.
Fazia isto, dizia aquilo.
E meus amigos me queriam,
meus inimigos me odiavam.
Eu irônico deslizava
satisfeito de ter meu ritmo.
Mas acabei confundindo tudo.
Hoje não deslizo mais não,
não sou irônico mais não,
não tenho ritmo mais não.

CONSTRUÇÃO

Um grito pula no ar como foguete.
Vem da paisagem de barro úmido, caliça e andaimes hirtos.
O sol cai sobre as coisas em placa fervendo.
O sorveteiro corta a rua.

E o vento brinca nos bigodes do construtor.

TOADA DO AMOR

E o amor sempre nessa toada
briga perdoa perdoa briga.
Não se deve xingar a vida,
a gente vive, depois esquece.
Só o amor volta para brigar,
para perdoar,
amor cachorro bandido trem.

Mas, se não fosse ele, também
que graça que a vida tinha?

Mariquita, dá cá o pito,
no teu pito está o infinito.

EUROPA, FRANÇA E BAHIA

Meus olhos brasileiros sonhando exotismos.
Paris. A torre Eiffel alastrada de antenas como um caranguejo.
Os cais bolorentos de livros judeus
e a água suja do Sena escorrendo sabedoria.

O pulo da Mancha num segundo.
Meus olhos espiam olhos ingleses vigilantes nas docas.
Tarifas bancos fábricas trustes craques.
Milhões de dorsos agachados em colônias longínquas formam
                        [um tapete para sua Graciosa Majestade Britânica pisar.
E a lua de Londres como um remorso.

Submarinos inúteis retalham mares vencidos.
O navio alemão cauteloso exporta dolicocéfalos arruinados.
Hamburgo, umbigo do mundo.
Homens de cabeça rachada cismam em rachar a cabeça dos
                        [outros dentro de alguns anos.
A Itália explora conscienciosamente vulcões apagados,
vulcões que nunca estiveram acesos
a não ser na cabeça de Mussolini.
E a Suíça cândida se oferece
numa coleção de postais de altitudes altíssimas.

Meus olhos brasileiros se enjoam da Europa.

Não há mais Turquia.
O impossível dos serralhos esfacela erotismos prestes a declanchar.

Mas a Rússia tem as cores da vida.
A Rússia é vermelha e branca.
Sujeitos com um brilho esquisito nos olhos criam o filme
           [bolchevista e no túmulo de Lenin em Moscou parece
           [que um coração enorme está batendo, batendo
mas não bate igual ao da gente...

Chega!
Meus olhos brasileiros se fecham saudosos.
Minha boca procura a "Canção do Exílio".
Como era mesmo a "Canção do Exílio"?
Eu tão esquecido de minha terra...
Ai terra que tem palmeiras
onde canta o sabiá!

LANTERNA MÁGICA

I / BELO HORIZONTE

Meus olhos têm melancolias,
minha boca tem rugas.
Velha cidade!
As árvores tão repetidas.

Debaixo de cada árvore faço minha cama,
em cada ramo dependuro meu paletó.
Lirismo.
Pelos jardins versailles
ingenuidade de velocípedes.

E o velho fraque
na casinha de alpendre com duas janelas dolorosas.

II / SABARÁ

A Aníbal M. Machado

A dois passos da cidade importante
a cidadezinha está calada, entrevada.
(Atrás daquele morro, com vergonha do trem.)

Só as igrejas
só as torres pontudas das igrejas
não brincam de esconder.

O Rio das Velhas lambe as casas velhas,
casas encardidas onde há velhas nas janelas.
Ruas em pé
pé de moleque
PENÇÃO DE JUAQUINA AGULHA
Quem não subir direito toma vaia...
Bem-feito!

Eu fico cá embaixo
maginando na ponte moderna – moderna por quê?
A água que corre
já viu o Borba.
Não a que corre,
mas a que não para nunca
de correr.

Ai tempo!
Nem é bom pensar nessas coisas mortas, muito mortas.
Os séculos cheiram a mofo
e a história é cheia de teias de aranha.
Na água suja, barrenta, a canoa deixa um sulco logo apagado.
Quede os bandeirantes?
O Borba sumiu,
Dona Maria Pimenta morreu.

Mas tudo tudo é inexoravelmente colonial:
bancos janelas fechaduras lampiões.
O casario alastra-se na cacunda dos morros,
rebanho dócil pastoreado por igrejas:
a do Carmo – que é toda de pedra,
a Matriz – que é toda de ouro.
Sabará veste com orgulho seus andrajos...
Faz muito bem, cidade teimosa!

Nem Siderúrgica nem Central nem roda manhosa de forde
sacode a modorra de Sabará-buçu.

Pernas morenas de lavadeiras,
tão musculosas que parece foi o Aleijadinho que as esculpiu,
palpitam na água cansada.

O presente vem de mansinho
de repente dá um salto:
cartaz de cinema com fita americana.

E o trem bufando na ponte preta
é um bicho comendo as casas velhas.

III / CAETÉ

A igreja de costas para o trem.
Nuvens que são cabeças de santo.
Casas torcidas.
E a longa voz que sobe
                       que sobe do morro
que sobe...

IV / ITABIRA

Cada um de nós tem seu pedaço no pico do Cauê.
Na cidade toda de ferro
as ferraduras batem como sinos.
Os meninos seguem para a escola.
Os homens olham para o chão.
Os ingleses compram a mina.

Só, na porta da venda, Tutu Caramujo cisma na derrota incomparável.

V / SÃO JOÃO DEL-REI

Quem foi que apitou?
Deixa dormir o Aleijadinho coitadinho.
Almas antigas que nem casas.
Melancolia das legendas.

As ruas cheias de mulas sem cabeça
correndo para o Rio das Mortes
e a cidade paralítica
no sol
espiando a sombra dos emboabas
no encantamento das alfaias.

Sinos começam a dobrar.

E todo me envolve
uma sensação fina e grossa.

VI / NOVA FRIBURGO

Esqueci um ramo de flores no sobretudo.

VII / RIO DE JANEIRO

Fios nervos riscos faíscas.
As cores nascem e morrem
com impudor violento.
Onde meu vermelho? Virou cinza.
Passou a boa! Peço a palavra!
Meus amigos todos estão satisfeitos
com a vida dos outros.
Fútil nas sorveterias.

Pedante nas livrarias...
Nas praias nu nu nu nu nu nu.
Tu tu tu tu tu no meu coração.

Mas tantos assassinatos, meu Deus.
E tantos adultérios também.
E tantos tantíssimos contos do vigário...
(Este povo quer me passar a perna.)

Meu coração vai molemente dentro do táxi.

VIII / BAHIA

É preciso fazer um poema sobre a Bahia...

Mas eu nunca fui lá.

A RUA DIFERENTE

Na minha rua estão cortando árvores
botando trilhos
construindo casas.

Minha rua acordou mudada.
Os vizinhos não se conformam.
Eles não sabem que a vida
tem dessas exigências brutas.

Só minha filha goza o espetáculo
e se diverte com os andaimes,
a luz da solda autógena
e o cimento escorrendo nas fôrmas.

LAGOA

Eu não vi o mar.
Não sei se o mar é bonito,
não sei se ele é bravo.
O mar não me importa.

Eu vi a lagoa.
A lagoa, sim.
A lagoa é grande
e calma também.

Na chuva de cores
da tarde que explode
a lagoa brilha
a lagoa se pinta
de todas as cores.
Eu não vi o mar.
Eu vi a lagoa...

CANTIGA DE VIÚVO

A noite caiu na minh'alma,
fiquei triste sem querer.
Uma sombra veio vindo,
veio vindo, me abraçou.
Era a sombra de meu bem
que morreu há tanto tempo.

Me abraçou com tanto amor
me apertou com tanto fogo
me beijou, me consolou.

Depois riu devagarinho,
me disse adeus com a cabeça
e saiu. Fechou a porta.
Ouvi seus passos na escada.
Depois mais nada...
                      acabou.

O QUE FIZERAM DO NATAL

Natal.
O sino longe toca fino.
Não tem neves, não tem gelos.
Natal.
Já nasceu o deus menino.
As beatas foram ver,
encontraram o coitadinho
(Natal)
mais o boi mais o burrinho
e lá em cima
a estrelinha alumiando.
Natal.

As beatas ajoelharam
e adoraram o deus nuzinho
mas as filhas das beatas
e os namorados das filhas,
mas as filhas das beatas
foram dançar *black-bottom*
nos clubes sem presépio.

POLÍTICA LITERÁRIA

A Manuel Bandeira

O poeta municipal
discute com o poeta estadual
qual deles é capaz de bater o poeta federal.

Enquanto isso o poeta federal
tira ouro do nariz.

SENTIMENTAL

Ponho-me a escrever teu nome
com letras de macarrão.
No prato, a sopa esfria, cheia de escamas
e debruçados na mesa todos contemplam
esse romântico trabalho.

Desgraçadamente falta uma letra,
uma letra somente
para acabar teu nome!

— Está sonhando? Olhe que a sopa esfria!

Eu estava sonhando...
E há em todas as consciências um cartaz amarelo:
"Neste país é proibido sonhar."

NO MEIO DO CAMINHO

No meio do caminho tinha uma pedra
tinha uma pedra no meio do caminho
tinha uma pedra
no meio do caminho tinha uma pedra.

Nunca me esquecerei desse acontecimento
na vida de minhas retinas tão fatigadas.
Nunca me esquecerei que no meio do caminho
tinha uma pedra
tinha uma pedra no meio do caminho
no meio do caminho tinha uma pedra.

IGREJA

A Wellington Brandão

Tijolo
areia
andaime
água
tijolo.
O canto dos homens trabalhando trabalhando
mais perto do céu
cada vez mais perto
mais
– a torre.

E nos domingos a litania dos perdões, o murmúrio das invocações.
O padre que fala do inferno
sem nunca ter ido lá.
Pernas de seda ajoelham mostrando geolhos.
Um sino canta a saudade de qualquer coisa sabida e já esquecida.
A manhã pintou-se de azul.
No adro ficou o ateu,
no alto fica Deus.
Domingo...
Bem bão! Bem bão!
Os serafins, no meio, entoam quirieleisão.

POEMA QUE ACONTECEU

Nenhum desejo neste domingo
nenhum problema nesta vida
o mundo parou de repente
os homens ficaram calados
domingo sem fim nem começo.

A mão que escreve este poema
não sabe que está escrevendo
mas é possível que se soubesse
nem ligasse.

ESPERTEZA

Tenho vontade de
– ponhamos amar
por esporte uma loura
o espaço de um dia.

Certo me tornaria
brinquedo nas suas mãos.

Apanharia, sorriria
mas acabado o jogo
não seria mais joguete,
seria eu mesmo.

E ela ficaria espantada
de ver um homem esperto.

POLÍTICA

A Mário Casassanta

Vivia jogado em casa.
Os amigos o abandonaram
quando rompeu com o chefe político.
O jornal governista ridicularizava seus versos,
os versos que ele sabia bons.

Sentia-se diminuído na sua glória
enquanto crescia a dos rivais
que apoiavam a Câmara em exercício.

Entrou a tomar porres
violentos, diários.
E a desleixar os versos.
Se já não tinha discípulos.
Se só os outros poetas eram imitados.

Uma ocasião em que não tinha dinheiro
para tomar o seu conhaque
saiu à toa pelas ruas escuras.
Parou na ponte sobre o rio moroso,
o rio que lá embaixo pouco se importava com ele
e no entanto o chamava
para misteriosos carnavais.

E teve vontade de se atirar
(só vontade).

Depois voltou para casa
livre, sem correntes
muito livre, infinitamente
livre livre livre que nem uma besta
que nem uma coisa.

POEMA DO JORNAL

O fato ainda não acabou de acontecer
e já a mão nervosa do repórter
o transforma em notícia.
O marido está matando a mulher.

A mulher ensanguentada grita.
Ladrões arrombam o cofre.
A polícia dissolve o *meeting*.
A pena escreve.

Vem da sala de linotipos a doce música mecânica.

SWEET HOME

A Ribeiro Couto

Quebra-luz, aconchego.
Teu braço morno me envolvendo.
A fumaça de meu cachimbo subindo.
Como estou bem nesta poltrona de humorista inglês.

O jornal conta histórias, mentiras...
Ora afinal a vida é um bruto romance
e nós vivemos folhetins sem o saber.

Mas surge o imenso chá com torradas,
chá de minha burguesia contente.
Ó gozo de minha poltrona!
Ó doçura de folhetim!
Ó bocejo de felicidade!

NOTA SOCIAL

O poeta chega na estação.
O poeta desembarca.
O poeta toma um auto.
O poeta vai para o hotel.
E enquanto ele faz isso
como qualquer homem da Terra,
uma ovação o persegue
feito vaia.
Bandeirolas
abrem alas.
Bandas de música. Foguetes.
Discursos. Povo de chapéu de palha.
Máquinas fotográficas assestadas.
Automóveis imóveis.
Bravos...
O poeta está melancólico.

Numa árvore do passeio público
(melhoramento da atual administração)
árvore gorda, prisioneira
de anúncios coloridos,
árvore banal, árvore que ninguém vê
canta uma cigarra.
Canta uma cigarra que ninguém ouve
um hino que ninguém aplaude.
Canta, no sol danado.

O poeta entra no elevador
o poeta sobe
o poeta fecha-se no quarto.

O poeta está melancólico.

CORAÇÃO NUMEROSO

Foi no Rio.
Eu passava na Avenida quase meia-noite.
Bicos de seio batiam nos bicos de luz estrelas inumeráveis.
Havia a promessa do mar
e bondes tilintavam,
abafando o calor
que soprava no vento
e o vento vinha de Minas.

Meus paralíticos sonhos desgosto de viver
(a vida para mim é vontade de morrer)
faziam de mim homem-realejo imperturbavelmente
na Galeria Cruzeiro quente quente
e como não conhecia ninguém a não ser o doce vento mineiro,
nenhuma vontade de beber, eu disse: Acabemos com isso.

Mas tremia na cidade uma fascinação casas compridas
autos abertos correndo caminho do mar
voluptuosidade errante do calor
mil presentes da vida aos homens indiferentes,
que meu coração bateu forte, meus olhos inúteis choraram.

O mar batia em meu peito, já não batia no cais.
A rua acabou, quede as árvores? a cidade sou eu
a cidade sou eu
sou eu a cidade
meu amor.

POESIA

Gastei uma hora pensando um verso
que a pena não quer escrever.
No entanto ele está cá dentro
inquieto, vivo.
Ele está cá dentro
e não quer sair.
Mas a poesia deste momento
inunda minha vida inteira.

FESTA NO BREJO

A saparia desesperada
coaxa coaxa coaxa.
O brejo vibra que nem caixa
de guerra. Os sapos estão danados.

A lua gorda apareceu
e clareou o brejo todo.
Até à lua sobe o coro
da saparia desesperada.

A saparia toda de Minas
coaxa no brejo humilde.
Hoje tem festa no brejo!

JARDIM DA PRAÇA DA LIBERDADE

A Gustavo Capanema

Verdes bulindo.
Sonata cariciosa da água
fugindo entre rosas geométricas.
Ventos elísios.
Macio.
Jardim tão pouco brasileiro... mas tão lindo.

Paisagem sem fundo.
A terra não sofreu para dar estas flores.
Sem ressonância.
O minuto que passa
desabrochando em floração inconsciente.
Bonito demais. Sem humanidade.
Literário demais.

(Pobres jardins do meu sertão,
atrás da Serra do Curral!
Nem repuxos frios nem tanques langues,
nem bombas nem jardineiros oficiais.
Só o mato crescendo indiferente entre sempre-vivas desbotadas
e o olhar desditoso da moça desfolhando malmequeres.)

Jardim da Praça da Liberdade,
Versailles entre bondes.
Na moldura das Secretarias compenetradas

a graça inteligente da relva
compõe o sonho dos verdes.

PROIBIDO PISAR NO GRAMADO
Talvez fosse melhor dizer:
PROIBIDO COMER O GRAMADO
A prefeitura vigilante
vela a soneca das ervinhas.
E o capote preto do guarda é uma bandeira na noite estrelada
                                                    [de funcionários.
De repente uma banda preta
vermelha retinta suando
bate um dobrado batuta
na doçura
do jardim.

Repuxos espavoridos fugindo.

CIDADEZINHA QUALQUER

Casas entre bananeiras
mulheres entre laranjeiras
pomar amor cantar.

Um homem vai devagar.
Um cachorro vai devagar.
Um burro vai devagar.
Devagar... as janelas olham.

Eta vida besta, meu Deus.

FUGA

As atitudes inefáveis,
os inexprimíveis delíquios,
êxtases, espasmos, beatitudes
não são possíveis no Brasil.

O poeta vai enchendo a mala,
põe camisas, punhos, loções,
um exemplar da *Imitação*
e parte para outros rumos.

A vaia amarela dos papagaios
rompe o silêncio da despedida.
— Se eu tivesse cinco mil pernas
(diz ele) fugia com todas elas.

Povo feio, moreno, bruto,
não respeita meu fraque preto.
Na Europa reina a geometria
e todo mundo anda – como eu – de luto.

Estou de luto por Anatole
France, o de *Thaïs*, joia soberba.
Não há cocaína, não há morfina
igual a essa divina
papa-fina.

Vou perder-me nas mil orgias
do pensamento greco-latino.
Museus! estátuas! catedrais!
O Brasil só tem canibais.

Dito isso fechou-se em copas.
Joga-lhe um mico uma banana,
por um tico não vai ao fundo.

Enquanto os bárbaros sem barbas
sob o Cruzeiro do Sul
se entregam perdidamente
sem anatólios nem capitólios
aos deboches americanos.

SINAL DE APITO

Um silvo breve: Atenção, siga.
Dois silvos breves: Pare.
Um silvo breve à noite: Acenda a lanterna.
Um silvo longo: Diminua a marcha.
Um silvo longo e breve: Motoristas a postos.
> (A este sinal todos os motoristas tomam lugar nos seus veículos para movimentá-los imediatamente.)

PAPAI NOEL ÀS AVESSAS

A Afonso Arinos (sobrinho)

Papai Noel entrou pela porta dos fundos
(no Brasil as chaminés não são praticáveis),
entrou cauteloso que nem marido depois da farra.
Tateando na escuridão torceu o comutador
e a eletricidade bateu nas coisas resignadas,
coisas que continuavam coisas no mistério do Natal.
Papai Noel explorou a cozinha com olhos espertos,
achou um queijo e comeu.

Depois tirou do bolso um cigarro que não quis acender.
Teve medo talvez de pegar fogo nas barbas postiças
(no Brasil os Papais Noéis são todos de cara raspada)
e avançou pelo corredor branco de luar.
Aquele quarto é o das crianças.
Papai Noel entrou compenetrado.

Os meninos dormiam sonhando outros natais muito mais lindos
mas os sapatos deles estavam cheinhos de brinquedos
soldados mulheres elefantes navios
e um presidente de república de celuloide.

Papai Noel agachou-se e recolheu aquilo tudo
no interminável lenço vermelho de alcobaça.
Fez a trouxa e deu o nó, mas apertou tanto
que lá dentro mulheres elefantes soldados presidente brigavam
                                             [por causa do aperto.

Os pequenos continuavam dormindo.
Longe um galo comunicou o nascimento de Cristo.
Papai Noel voltou de manso para a cozinha,
apagou a luz, saiu pela porta dos fundos.

Na horta, o luar de Natal abençoava os legumes.

QUADRILHA

João amava Teresa que amava Raimundo
que amava Maria que amava Joaquim que amava Lili
que não amava ninguém.
João foi pra os Estados Unidos, Teresa para o convento,
Raimundo morreu de desastre, Maria ficou para tia,
Joaquim suicidou-se e Lili casou com J. Pinto Fernandes
que não tinha entrado na história.

FAMÍLIA

Três meninos e duas meninas,
sendo uma ainda de colo.
A cozinheira preta, a copeira mulata,
o papagaio, o gato, o cachorro,
as galinhas gordas no palmo de horta
e a mulher que trata de tudo.

A espreguiçadeira, a cama, a gangorra,
o cigarro, o trabalho, a reza,
a goiabada na sobremesa de domingo,
o palito nos dentes contentes,
o gramofone rouco toda noite
e a mulher que trata de tudo.

O agiota, o leiteiro, o turco,
o médico uma vez por mês,
o bilhete todas as semanas
branco! mas a esperança sempre verde.
A mulher que trata de tudo
e a felicidade.

O SOBREVIVENTE

A Cyro dos Anjos

Impossível compor um poema a essa altura da evolução da
[humanidade.
Impossível escrever um poema – uma linha que seja – de verdadeira
[poesia.
O último trovador morreu em 1914.
Tinha um nome de que ninguém se lembra mais.

Há máquinas terrivelmente complicadas para as necessidades mais
[simples.
Se quer fumar um charuto aperte um botão.
Paletós abotoam-se por eletricidade.
Amor se faz pelo sem-fio.
Não precisa estômago para digestão.

> Um sábio declarou a *O Jornal* que ainda falta muito
> para atingirmos um nível razoável de cultura. Mas
> até lá, felizmente, estarei morto.

Os homens não melhoraram
e matam-se como percevejos.
Os percevejos heroicos renascem.
Inabitável, o mundo é cada vez mais habitado.
E se os olhos reaprendessem a chorar seria um segundo dilúvio.

(Desconfio que escrevi um poema.)

MOÇA E SOLDADO

Meus olhos espiam
a rua que passa.

Passam mulheres,
passam soldados.
Moça bonita foi feita para
namorar.
Soldado barbudo foi feito para
brigar.

Meus olhos espiam
as pernas que passam.
Nem todas são grossas...
Meus olhos espiam.
Passam soldados.
... mas todas são pernas.
Meus olhos espiam.
Tambores, clarins
e pernas que passam.
Meus olhos espiam
espiam espiam
soldados que marcham
moças bonitas
soldados barbudos
... para namorar,
para brigar.
Só eu não brigo.
Só eu não namoro.

ANEDOTA BÚLGARA

Era uma vez um czar naturalista
que caçava homens.
Quando lhe disseram que também se caçam borboletas e andorinhas,
ficou muito espantado
e achou uma barbaridade.

MÚSICA

A Pedro Nava

Uma coisa triste no fundo da sala.
Me disseram que era Chopin.
A mulher de braços redondos que nem coxas
martelava na dentadura dura
sob o lustre complacente.
Eu considerei as contas que era preciso pagar,
os passos que era preciso dar,
as dificuldades...
Enquadrei o Chopin na minha tristeza
e na dentadura amarela e preta
meus cuidados voaram como borboletas.

COTA ZERO

Stop.
A vida parou
ou foi o automóvel?

INICIAÇÃO AMOROSA

A rede entre duas mangueiras
balançava no mundo profundo.
O dia era quente, sem vento.
O sol lá em cima,
as folhas no meio,
o dia era quente.
E como eu não tinha nada que fazer vivia namorando as pernas
[morenas da lavadeira.

Um dia ela veio para a rede,
se enroscou nos meus braços,
me deu um abraço,
me deu as maminhas
que eram só minhas.
A rede virou,
o mundo afundou.

Depois fui para a cama
febre 40 graus febre.
Uma lavadeira imensa, com duas tetas imensas, girava no espaço verde.

BALADA DO AMOR ATRAVÉS DAS IDADES

Eu te gosto, você me gosta
desde tempos imemoriais.
Eu era grego, você troiana,
troiana mas não Helena.
Saí do cavalo de pau
para matar seu irmão.
Matei, brigamos, morremos.

Virei soldado romano,
perseguidor de cristãos.
Na porta da catacumba
encontrei-te novamente.
Mas quando vi você nua
caída na areia do circo
e o leão que vinha vindo,
dei um pulo desesperado
e o leão comeu nós dois.

Depois fui pirata mouro,
flagelo da Tripolitânia.
Toquei fogo na fragata
onde você se escondia
da fúria de meu bergantim.
Mas quando ia te pegar
e te fazer minha escrava,
você fez o sinal da cruz
e rasgou o peito a punhal...
Me suicidei também.

Depois (tempos mais amenos)
fui cortesão de Versailles,
espirituoso e devasso.
Você cismou de ser freira...
Pulei muro de convento
mas complicações políticas
nos levaram à guilhotina.

Hoje sou moço moderno,
remo, pulo, danço, boxo,
tenho dinheiro no banco.
Você é uma loura notável,
boxa, dança, pula, rema.
Seu pai é que não faz gosto.
Mas depois de mil peripécias,
eu, herói da Paramount,
te abraço, beijo e casamos.

CABARÉ MINEIRO

A dançarina espanhola de Montes Claros
dança e redança na sala mestiça.
Cem olhos morenos estão despindo
seu corpo gordo picado de mosquito.
Tem um sinal de bala na coxa direita,
o riso postiço de um dente de ouro,
mas é linda, linda, gorda e satisfeita.
Como rebola as nádegas amarelas!
Cem olhos brasileiros estão seguindo
o balanço doce e mole de suas tetas...

QUERO ME CASAR

Quero me casar
na noite na rua
no mar ou no céu
quero me casar.

Procuro uma noiva
loura morena
preta ou azul
uma noiva verde
uma noiva no ar
como um passarinho.

Depressa, que o amor
não pode esperar!

EPIGRAMA PARA EMÍLIO MOURA

Tristeza de ver a tarde cair
como cai uma folha.
(No Brasil não há outono
mas as folhas caem.)

Tristeza de comprar um beijo
como quem compra jornal.
Os que amam sem amor
não terão o reino dos céus.

Tristeza de guardar um segredo
que todos sabem
e não contar a ninguém
(que esta vida não presta).

SOCIEDADE

O homem disse para o amigo
— Breve irei a tua casa
e levarei minha mulher.

O amigo enfeitou a casa
e quando o homem chegou com a mulher,
soltou uma dúzia de foguetes.

O homem comeu e bebeu.
A mulher bebeu e cantou.
Os dois dançaram.
O amigo estava muito satisfeito.

Quando foi hora de sair,
o amigo disse para o homem:
— Breve irei a tua casa.
E apertou a mão dos dois.

No caminho o homem resmunga:
— Ora essa, era o que faltava.
E a mulher ajunta: — Que idiota.

— A casa é um ninho de pulgas.
— Reparaste o bife queimado?
O piano ruim e a comida pouca.

E todas as quintas-feiras
eles voltam à casa do amigo
que ainda não pôde retribuir a visita.

ELEGIA DO REI DE SIÃO

Pobre rei de Sião que morreu de desgosto
por não ter um filho varão.
Pobre rei de Bangkok educado em Oxford,
pequenino, bonito, decorativo,
que morreu especialmente para nos comover.
O filho que desejava, a Ásia não deu,
e seu desejo de um filho era maior do que a Ásia.
Pobre rei de Sião, que Camões não cantou.
Amou três mulheres em vez de dez mil
e nenhuma lhe deu um filho varão.
De sua costela real nasceu uma pequenina siamesa.
Ao vê-la, o rei caiu para trás como um europeu,
adoeceu, bebeu um veneno terrível e morreu.

Seu coração enegreceu de repente,
o corpo ficou todo fofo.

Depois queimaram o corpo fofo e o coração preto numa fogueira
[esplêndida
e a alma do rei de Sião fugiu entre os canais.

Pobre reizinho de Sião.

SESTA

A Martins de Almeida

A família mineira
está quentando sol
sentada no chão
calada e feliz.
O filho mais moço
olha para o céu,
para o sol não,
para o cacho de bananas.
Corta ele, pai.
O pai corta o cacho
e distribui pra todos.
A família mineira
está comendo banana.
A filha mais velha
coça uma pereba
bem acima do joelho.
A saia não esconde
a coxa morena
sólida construída,
mas ninguém repara.
Os olhos se perdem
na linha ondulada
do horizonte próximo
(a cerca da horta).
A família mineira

olha para dentro.
O filho mais velho
canta uma cantiga
nem triste nem alegre,
uma cantiga apenas
mole que adormece.
Só um mosquito rápido
mostra inquietação.
O filho mais moço
ergue o braço rude
enxota o importuno.
A família mineira
está dormindo ao sol.

OUTUBRO 1930

Suores misturados
no silêncio noturno.
O companheiro ronca.
O ruído igual
dos tiros e o silêncio
na sala onde os corpos
são coisas escuras.
O soldado deitado
pensando na morte.

De 5 em 5 minutos um ciclista trazia ao Estado Maior um feixe de telegramas contendo, comprimida, a trepidação dos setores. O radiotelegrafista ora triste ora alegre empunhava um papel que era a vitória ou a derrota. Nós descansávamos, jogados sobre poltronas, e abríamos para as notícias olhos que não viam, olhos que perguntavam. Às 3 da madrugada, pontualmente, recomeçava o tiroteio.

O funcionário deitado
não pensa na morte.
Pensa no amor
tornado impossível
no minuto guerreiro.
E fecha os olhos
para ver bem
o amor com sua espada
de fogo sobre a cabeça

de todos os homens,
legalistas, rebeldes.

O inimigo resistia sempre e foi preciso cortar a água do quartel. Como resistisse ainda, a água circulou de novo, desta vez azul, de metileno. A torneira aberta escorre desinfetante. O canhão fabricado em Minas – suave temperamento local – não disparou.

Olha a negra, olha a negra,
a negra fugindo
com a trouxa de roupa,
olha a bala na negra,
olha a negra no chão
e o cadáver com os seios enormes, expostos, inúteis.

O general, com seus bigodes tumultuosos, era o mais doce dos seres, e destilava uma ternura vaporosa em seu costume de usar *culotte* sem perneiras. A um canto do salão atulhado de mapas e em que telefones esticados retiniam trazendo fatos, levando ordens, eu fazia, exercício fácil, a caricatura do seu imenso nariz. Que todos acharam ótima e reprovaram com indignação cívica.

A esta hora no Recife,
em Guaxupé, Turvo, Jaguara,
Itararé,
Baixo Guandu,
Igarapava,
Chiador,
homens estão se matando
com as necessárias cautelas.
Pelo Brasil inteiro há tiros, granadas,
literatura explosiva de boletins,
mulheres carinhosas cosendo fardas

das respectivas, longínquas namoradas,
homens preparando discursos,
outros, solertes, captando rádios,
minando pontes,
outros (são governadores) dando o fora,
pedidos de comissionamento
por atos de bravura,
ordens do dia,
"o inimigo (?) retirou-se em fuga precipitada,
deixando abundante material bélico,
cinco mortos e vinte feridos..."
Um novo, claro Brasil
surge, indeciso, da pólvora.
Meu Deus, tomai conta de nós.

Deus vela o sono dos brasileiros.
Anjos alvíssimos espreitam
a hora de apagar a luz de teu quarto
para abrirem sobre ti as asas
que afugentam os maus espíritos
e purificam os sonhos.
Deus vela o sono e o sonho dos brasileiros.
Mas eles acordam e brigam de novo.

EXPLICAÇÃO

Meu verso é minha consolação.
Meu verso é minha cachaça. Todo mundo tem sua cachaça.
Para beber, copo de cristal, canequinha de folha de flandres,
folha de taioba, pouco importa: tudo serve.

Para louvar a Deus como para aliviar o peito,
queixar o desprezo da morena, cantar minha vida e trabalhos
é que faço meu verso. E meu verso me agrada.

Meu verso me agrada sempre...
Ele às vezes tem o ar sem-vergonha de quem vai dar uma cambalhota,
mas não é para o público, é para mim mesmo essa cambalhota.
Eu bem me entendo.
Não sou alegre. Sou até muito triste.
A culpa é da sombra das bananeiras de meu país, esta sombra mole,
[preguiçosa.
Há dias em que ando na rua de olhos baixos
para que ninguém desconfie, ninguém perceba
que passei a noite inteira chorando.
Estou no cinema vendo fita de Hoot Gibson,
de repente ouço a voz de uma viola...
saio desanimado.
Ah, ser filho de fazendeiro!
À beira do São Francisco, do Paraíba ou de qualquer córrego
[vagabundo,
é sempre a mesma sen-si-bi-li-da-de.

E a gente viajando na pátria sente saudades da pátria.
Aquela casa de nove andares comerciais
é muito interessante.
A casa colonial da fazenda também era...
No elevador penso na roça,
na roça penso no elevador.

Quem me fez assim foi minha gente e minha terra
e eu gosto bem de ter nascido com essa tara.
Para mim, de todas as burrices, a maior é suspirar pela Europa
A Europa é uma cidade muito velha onde só fazem caso de dinheiro
e tem umas atrizes de pernas adjetivas que passam a perna na gente.
O francês, o italiano, o judeu falam uma língua de farrapos.
Aqui ao menos a gente sabe que tudo é uma canalha só,
lê o seu jornal, mete a língua no governo,
queixa-se da vida (a vida está tão cara)
e no fim dá certo.

Se meu verso não deu certo, foi seu ouvido que entortou.
Eu não disse ao senhor que não sou senão poeta?

ROMARIA

A Milton Campos

Os romeiros sobem a ladeira
cheia de espinhos, cheia de pedras,
sobem a ladeira que leva a Deus
e vão deixando culpas no caminho.

Os sinos tocam, chamam os romeiros:
Vinde lavar os vossos pecados.
Já estamos puros, sino, obrigados,
mas trazemos flores, prendas e rezas.

No alto do morro chega a procissão.
Um leproso de opa empunha o estandarte.
As coxas das romeiras brincam no vento.
Os homens cantam, cantam sem parar.

Jesus no lenho expira magoado.
Faz tanto calor, há tanta algazarra.
Nos olhos do santo há sangue que escorre.
Ninguém não percebe, o dia é de festa.

No adro da igreja há pinga, café,
imagens, fenômenos, baralhos, cigarros
e um sol imenso que lambuza de ouro
o pó das feridas e o pó das muletas.

Meu Bom Jesus que tudo podeis,
humildemente te peço uma graça.
Sarai-me, Senhor, e não desta lepra,
do amor que eu tenho e que ninguém me tem.

Senhor, meu amo, dai-me dinheiro,
muito dinheiro para eu comprar
aquilo que é caro mas é gostoso
e na minha terra ninguém não pissui.

Jesus meu Deus pregado na cruz,
me dá coragem pra eu matar
um que me amola de dia e de noite
e diz gracinhas a minha mulher.

Jesus Jesus piedade de mim.
Ladrão eu sou mas não sou ruim não.
Por que me perseguem não posso dizer.
Não quero ser preso, Jesus ó meu santo.

Os romeiros pedem com os olhos,
pedem com a boca, pedem com as mãos.
Jesus já cansado de tanto pedido
dorme sonhando com outra humanidade.

POEMA DA PURIFICAÇÃO

Depois de tantos combates
o anjo bom matou o anjo mau
e jogou seu corpo no rio.

As águas ficaram tintas
de um sangue que não descorava
e os peixes todos morreram.

Mas uma luz que ninguém soube
dizer de onde tinha vindo
apareceu para clarear o mundo,
e outro anjo pensou a ferida
do anjo batalhador.

POSFÁCIO
ALGUMA POESIA NO MEIO DO CAMINHO DO MODERNISMO
POR RONALDO FRAGA

"Belo Horizonte, 27 de abril, domingo, 1930

Meu velho Mário,

Estou lhe escrevendo com a cara no chão. Há meses eu lhe pedi orçamentos para a publicação do meu livro em São Paulo e você tomou trabalho, perguntou preços, pediu amostras de papel, deu conselhos, enfim, fez tudo que é possível fazer-se para retirar um amigo do anonimato. Eu quedei silencioso e tempos depois ainda você me escrevia perguntando pelo meu famoso livro e escrevia a um amigo comum, indagando a mesma coisa. Mário, meu caro, você já me conhece bastante para saber que em matéria de relações, amizade e carteamento eu sou um caso perdido. Minha maneira de ser amigo é a mais egoísta possível: incapaz de uma correspondência seguida, do agradecimento rápido de um favor e de outras coisas nesse gênero. Assim aconteceu com esse famigerado livro, que lhe custou tanta canseira e que afinal saiu editado mesmo em Minas. Seria o cúmulo porém não lhe dar uma explicação a respeito.

A explicação, lisa e honesta, é a seguinte: algum tempo depois da chegada da sua carta, trazendo preços e amostras de papel, eu continuava mergulhado nessa minha terrível e incurável incapacidade de agir quando, na Imprensa Oficial, em que eu trabalho, me ofereceram facilidades para a feitura do livro – e facilidades que eu não voltaria a obter em outras circunstâncias, isto é, sob outra administração ou governo menos camarada. É assim que, estando o livro já pronto, ainda não sei quanto ele me custou, mas sei que não custou muito e que farei o pagamento em prestações mensais pequenas, descontadas nos meus vencimentos. Por tudo isso, como você compreende, optei pela edição aqui mesmo, com o que, aliás, evitei a você outra série infinita de maçadas, que a minha ingratidão tradicional talvez não soubesse agradecer nunca.

Eis aí, Mário e amigo, a história da impressão de minha obrinha primeira. Ela aí vai. Sua opinião me interessa mais do que a de qualquer outro, e você sabe que eu já estou acostumado à sua franqueza rude. A sensação que experimento, ao ver esse livro concluído, é de alívio. Sim senhor! Que coisinha mais difícil de parir. Sinto que me libertei de alguma coisa incômoda, que me aporrinhava silenciosamente. Estou purgado de dez anos de lirismo desenfreado. Agora posso fazer outra coisa ou voltar a não fazer coisa nenhuma; de qualquer maneira, sou agora um cidadão impresso."[1]

---

1 FROTA, Lélia Coelho (org.). *Carlos & Mário: correspondência de Carlos Drummond de Andrade e Mário de Andrade*. Rio de Janeiro: Bem-Te-Vi, 2002, p. 368-369.

"São Paulo, 2 de maio, 1930

Meu querido Carlos,

Você pode imaginar em que estado de prazer recebi ontem a sua carta e o seu livro. Na carta acho apenas que você perdeu tempo em detalhar tanto as explicações por que editou o livro em Minas e não aqui em São Paulo. Meu Deus! Bastava dizer que achou condições mais convenientes e meus trabalhos todos seriam pagos pelo simples fato de existir o livro, se é que se possa chamar de trabalho o procurar papel e saber preços de edição. Você sabe bem o quanto torci pela publicação desse livro e ele sair quase me deu uma impressão de vitória minha. Mas então quando abri o livro e percebi, mais percebi do que li francamente, que ele me era dedicado, que suavidade delicada me foi tomando o ser inteiro, uma confusão, um esparramamento de mim pelas coisas, como uma esperança de encontrar você nas coisas e te falar uma dessas palavras muito ricas com que a gente disfarça a enorme comoção: 'Alô!', 'seu mano!', 'mineiro pau!', em que é inútil a gente disfarçar: tudo são evidentes chamados, apelos franquíssimos, impossibilidade de estar só e a consequente escolha do companheiro."[2]

Alguma poesia, primeiro livro de Carlos Drummond de Andrade, é uma seleção de poemas escritos entre 1925 e 1930. A obra é um marco na literatura em língua portuguesa e na vida do autor, e foi muito influenciada pelas provocações do mestre e amigo Mário de Andrade.

2 Idem, p. 372.

A história da amizade entre os dois começa em 1924, quando chegou a Belo Horizonte, liderado por Mário de Andrade, um grupo de intelectuais que, dois anos antes, tinha causado e dado o que falar na capital paulista, com a Semana de Arte Moderna. Os princípios modernistas buscavam romper com a influência eurocêntrica e encontrar, nos rincões do Brasil, referências para uma arte essencialmente brasileira. O grupo – que incluía também Oswald de Andrade, Tarsila do Amaral, Paulo Prado, o poeta francês Blaise Cendrars e Olívia Penteado, grande mecenas do modernismo em São Paulo – vinha do carnaval no Rio de Janeiro movido pela ideia de assistir à tradicional Semana Santa nas cidades históricas mineiras, à procura de vestígios da chamada identidade brasileira do século XVIII.

A ideia da viagem nascera no ano anterior, a partir de uma provocação de Mário de Andrade num sarau na casa de Tarsila do Amaral. Segundo ele, a Semana de 1922 fora de arte paulistana, portanto, uma semana de arte provinciana. Como ser um modernista brasileiro, mantendo os desejos e sentidos nascidos em Paris e produzindo cópias desfocadas daquilo que já estava caduco por lá, se o manancial de diversidade e as referências existentes no Brasil continuavam sendo negadas e ignoradas pelos nossos próprios artistas? A proposta era começar pelas cidades mineiras um périplo que se estenderia ao Nordeste e ao Norte do país. Tal itinerário viria a ser completado apenas por Mário, anos mais tarde, e seus diários de viagem resultariam na obra póstuma *O turista aprendiz*.

Àquela altura, os ventos do ideário modernista já tinham chegado a Minas ou, mais precisamente, ao Café Estrela, ponto de encontro de uma nova geração de escritores e intelectuais mineiros, formada por nomes como João Alphonsus de Guimaraens, Pedro Nava, Emílio Moura, Abgar Renault, Cyro dos Anjos e o estudante de farmácia, recém-chegado de Itabira, Carlos Drummond de Andrade. Eles formavam o Grupo Estrela, em alusão ao nome do café, ponto de encontro da rapaziada e influenciados pela hecatombe cultural provocada pela Semana de 22. Em 1923, o grupo tivera contato com a literatura modernista através do livro *Pauliceia desvairada*, de Mário de Andrade, publicado um ano antes, e a chegada dos paulistas ao meio intelectual da ainda jovem capital mineira causou um burburinho antes nunca visto.

Na noite do dia 24 de abril de 1924, os intelectuais paulistas davam entrada no Grande Hotel de Belo Horizonte, na rua da Bahia, onde hoje está o edifício Arcângelo Maletta, a poucos metros do Café Estrela. Não é absurdo supor que eles tenham sido observados, do outro lado da rua, por um rapaz de 23 anos, tímido, franzino, de óculos de aros pretos, que portava o fino bigodinho em moda na época. Esse rapaz seria Carlos Drummond de Andrade.

Dia e noite, o jovem Drummond, escondido atrás de um poste – ou assim o imagino, cometendo uma licença poética –, observava as saídas do grupo para os passeios pelas cidades históricas e os passeios noturnos e solitários de Mário de Andrade. Também me agrada pensar que ele presenciou a noite em que Mário, no parapeito de uma sacada do primeiro andar, teria respirado o ar frio, impregnado de Brasil, e escrito os versos do poema "Noturno de Belo Horizonte": "Juntos formamos este assombro de misérias e grandezas, / [...] Nós somos na Terra o grande milagre do amor." Mas foi apenas no último dia do grupo na capital mineira, no momento do *check-out* na recepção, que Drummond se encheu de coragem, foi até o seu ídolo-mestre Mário de Andrade e, com palavras inaudíveis, entregou um caderninho com alguns poemas nas mãos dele. Este, na minha fantasia, teria respondido algo assim: "Não entendi nada, vamos ali tomar um café pra você me explicar melhor quem é." O que se sabe de fato é que, naquele primeiro contato, nasceu uma amizade que seria como um farol para Carlos Drummond de Andrade.

Os dois eram totalmente diferentes entre si, talvez como um encontro entre um rio caudaloso e um mar revolto. Enquanto Mário buscava resgatar as tradições da cultura brasileira num contexto universal, Drummond, embora já tocado pelo espírito modernista, ainda oscilava em abandonar a tradição europeia. Numa das primeiras cartas trocadas entre eles, Drummond se lastima, dizendo, em outras palavras, que invejava o escritor Anatole France por ter nascido em Paris, e que o Brasil seria eternamente uma província, pelo nada que o país e seus governantes ofertavam aos espíritos fortes. Mário, em uma carta não datada, provavelmente escrita no fim do ano de 1924, não perdoou a influência de Anatole France sobre o espírito do jovem poeta mineiro:

> [Anatole] ensinou a gente a ter vergonha das atitudes francas, práticas, vitais. Anatole é uma decadência, é o fim de uma civilização que morreu por lei fatal e histórica. Não podia ir mais pra diante. Tem tudo que é decadência nele. Perfeição formal. Pessimismo diletante. Bondade fingida porque é desprezo, desdém ou indiferença. [...] E o que não é menos pior, é literato puro. [...] É preciso começar esse trabalho de abrasileiramento do Brasil [...].[3]

Em 1927, Drummond escreveu o poema "No meio do caminho" e o publicou, no ano seguinte, na *Revista de Antropofagia*, iniciando sua consagração como um dos grandes poetas da segunda fase do modernismo. O poema é uma espécie de deboche da poesia parnasiana, com uma linguagem simples, cotidiana, clara, sem rima, musicalidade ou métrica. Mário vibrou, ali nascia Drummond, e o poema entraria na seleção do seu primeiro livro, *Alguma poesia*.

---

3 Idem, p. 67 e 70.

Difícil imaginar Carlos sem os estímulos de Mário. O espírito libertário de Mário de Andrade foi fundamental para soltar as asas do poeta mineiro. A amizade transformadora cresceu e foi mantida por meio de uma extensa troca de cartas, que durou até as vésperas do falecimento do mestre modernista, em fevereiro de 1945.

A poesia modernista não tratava de forma descritiva nem calorosa as coisas ou os homens, mas, sim, conduzia os leitores ao caminho da estranheza e do desconforto. Os poetas da modernidade estavam em busca de uma linguagem plurissignificativa, que representasse o choque entre as forças interiores e exteriores presentes na formação da identidade brasileira. Drummond foi o poeta que melhor entendeu esse desafio, mesmo no início dos seus escritos.

Nas cartas trocadas com Mário, ele passa a revelar o desejo de ser um poeta sempre preocupado não só com a construção lírica, mas com o seu lugar no mundo, como observador e agente do seu tempo. Mário, por sua vez, desempenhou de forma amorosa e fundamental o papel de crítico, anotando e comentando os poemas que recebia do jovem poeta mineiro. Estabeleceu-se entre os dois uma relação de franqueza e confiança semelhante à que havia entre Mário e outro gênio modernista, Manuel Bandeira, com quem ele também trocava impressões literárias sobre suas respectivas produções.

Drummond não imaginava que os poemas embalados no livrinho publicado pela Imprensa Oficial ganhariam imortalidade nos cânones da poesia em língua portuguesa e fariam com que seu autor deixasse de ser moderno para se tornar eterno. Família, costumes, tradições, infância, iniciação amorosa... Tudo embalado em tom saudosista, irônico, muitas vezes cômico e com breves lances de crítica social. Nosso poeta maior aqui já se revelava de forma surpreendente, ao colocar-se diante de si mesmo, diante da distância e do estranhamento com que olha o mundo. Nos seus óculos, as lentes do moderno e do arcaico – agora como peculiaridade e não como deficiência – se fundem numa só. O tempo sempre foi a matéria mais fina da poesia de Drummond e, observando o tempo, ele construiu uma obra atemporal e com questões ainda tão caras ao país que continua procurando criar pontes entre as suas diferenças.

CRONOLOGIA
NA ÉPOCA DO LANÇAMENTO
(1927-1933)

1927

CDA:

– Em 21 de março, nasce seu filho com Dolores Dutra de Morais, Carlos Flávio, mas falece poucos minutos depois. "O filho que não fiz / hoje seria homem. / Ele corre na brisa, / sem carne, sem nome." (do poema "Ser", em *Claro enigma*).
– Profere discurso em homenagem a Francisco Martins de Almeida, numa festa noticiada em 11 de janeiro no *Diário de Minas*. Francisco integrava um dos grupos modernistas mineiros era, assim como Drummond, fundador de *A Revista*, em 1925, que difundia os princípios estéticos do movimento.
– Publica o poema "Pipiripau", em 24 versos livres, no *Diário de Minas*, em 30 de janeiro e 6 de fevereiro, com o pseudônimo Antônio Crispim.
– Publica resenha sobre o livro *Brás, Bexiga e Barra Funda*, de Antônio de Alcântara Machado, no *Diário de Minas*, de 27 de março.
– Publica diversos poemas ("Fantasia", "Caso", "Sonho de um dia de calor", "Sinal de apito", "*Sweet Home*", "Epigrama para Emílio Moura" e "Convite ao suicídio"), em revistas de Minas Gerais, Rio de Janeiro e São Paulo.

– Publica diversas crônicas e artigos no *Diário de Minas* entre fevereiro e dezembro.

Literatura brasileira:

– Mário de Andrade publica o livro de poemas *Clã do Jabuti* e o romance *Amar, verbo intransitivo*.
– Jorge de Lima publica *Poemas*, terceiro livro de sua obra poética.

Vida nacional:

– Fim da Coluna Prestes, que acaba em fuga para a Bolívia e para o Paraguai.
– Júlio Prestes é eleito governador de São Paulo.
– Fundação da Universidade de Minas Gerais.

Mundo:

– Primeira transmissão de sinal de televisão no mundo, nos Estados Unidos, por Philo Farnsworth.
– Exibição, em Nova Iorque, de *O cantor de jazz*, primeiro filme falado na história do cinema.
– Jules Rimet cria a Copa do Mundo, em Paris.

1928

CDA:

– Publica o poema "No meio do caminho", no nº 3 da *Revista de Antropofagia*. Trinta e nove anos depois, o poema mereceu do autor o livro *Uma pedra no meio do caminho: biografia de um poema*, coletânea de críticas, publicada em 1967. "[...] sou o autor confesso de certo poema, insignificante em si, mas que a partir de 1928 vem escanda-

lizando meu tempo, e serve até hoje para dividir no Brasil as pessoas em duas categorias mentais" (trecho da crônica "Autobiografia para uma revista", em *Confissões de Minas*).
– Nasce, em 4 de março, sua filha Maria Julieta. Sobre ela, o poeta escreveu: "Repara um pouquinho nesta, / no queixo, no olhar, no gesto, / e na consciência profunda / e na graça menineira, / e dize, depois de tudo, / se não é, entre meus erros, / uma imprevista verdade. / Esta é minha explicação, / meu verso melhor ou único, / meu tudo enchendo meu nada." (do poema "A mesa", em *Claro enigma*).
– Assis Chateaubriand, empresário do meio jornalístico, convida Drummond para dirigir o *Diário da Noite*, sua mais recente aquisição em São Paulo. O convite não é aceito.
– Torna-se auxiliar de redação da *Revista do Ensino*, da Secretaria de Educação de Minas Gerais.
– Publica diversos poemas ("Circo", "Uma feia na multidão", "Anedota búlgara", "Poeminha de Maria", "Cantiga da experiência", "Margarida", "Sociedade", "Nós dois", "Esperteza", "A rua diferente", "A grande liquidação" e "Poema de sete faces") no *Diário de Minas* entre fevereiro e dezembro.
– Publica diversas crônicas e artigos no *Diário de Minas* entre março e dezembro.
– Por sugestão de seu amigo Rodrigo Melo Franco de Andrade, é convidado por Francisco Campos a trabalhar na Secretaria de Educação, mas, sem mesa e cadeira para ocupar, é levado por Mário Casassanta para auxiliar na redação da *Revista do Ensino*, na mesma secretaria.

Literatura brasileira:

– Oswald de Andrade publica o *Manifesto antropófago*, um dos pilares teóricos do movimento modernista no Brasil.
– Mário de Andrade publica o romance *Macunaíma*.

Vida nacional:

– Getúlio Vargas toma posse como governador do Rio Grande do Sul.
– João Pessoa toma posse como governador da Paraíba.
– Lançada a revista semanal *O Cruzeiro*.

Mundo:

– Descoberta acidental dos efeitos antibióticos da penicilina pelo cientista Alexander Fleming.
– Charles Chaplin, de quem Drummond era grande admirador, lança o filme *O circo*. "O mito cresce, Chaplin, a nossos olhos / feridos do pesadelo cotidiano." (do poema "A Carlito", em *Lição de coisas*).
– Greta Garbo, uma das musas da geração de Drummond, estrela com John Gilbert o filme *Mulher de brio*. Sobre ela, Drummond escreveu: "São tudo visões. / Greta Garbo, somente uma visão, e eu sou outra. / Neste sentido nos confundimos, / realizamos a unidade da miragem. / É assim que ela perdura / no passado irretratável e continua no presente, / esfinge andrógina que ri / e não se deixa decifrar." (do poema "Os 27 filmes de Greta Garbo", em *Farewell*).
– Herbert Hoover, presidente dos Estados Unidos, visita o Rio de Janeiro.
– Chiang Kai-shek, que comandara o massacre de Shanghai no ano anterior, toma Beijing e torna-se presidente da China.

1929

CDA:

– Assume o cargo de auxiliar de redação no jornal *Minas Gerais*, órgão oficial do Estado, sob a direção de Abílio Machado e José Maria Alkmin, e logo é promovido a redator.

– Firma-se como cronista da seção "Notas Sociais", do jornal *Minas Gerais*, usando, entre outros, os pseudônimos Antônio Crispim e Barba Azul.

– Recusa pedido de Oswald de Andrade para colaborar na *Revista de Antropofagia*. O motivo foi sua lealdade a Mário de Andrade, que rompera com Oswald.

– Entre janeiro e novembro, publica diversos poemas ("1º de janeiro", "Diálogo dos burgueses no bonde", "Quadrinha sobre o regresso de Pedro Nava", "Conheço um país", "Romaria", "Vitrola", "Boca", "Poema sobre uma casa", "Meu pobre amigo", "Ode a Jackson de Figueiredo" e "Moça e soldado") no *Diário de Minas*.

– Também entre janeiro e novembro, publica diversas crônicas e artigos na revista *Verde*, de Cataguases (MG), ligada ao movimento modernista, e no *Diário de Minas*.

Vida nacional:

– Lançamento da candidatura presidencial de Getúlio Vargas em oposição ao paulista Júlio Prestes.

– Primeira exibição, no Brasil, de um filme falado, *Melodia da Broadway*, no cinema Odeon, Rio de Janeiro.

– Criação da Casa do Estudante do Brasil, no Rio de Janeiro, entidade em que se organizaria, oito anos depois, a União Nacional dos Estudantes (UNE).

– Lançamento do partido político Aliança Liberal.

Mundo:

– Assinado o Tratado de Latrão, de caráter diplomático e religioso, entre Mussolini e o papa Pio XI, encerrando as disputas territoriais entre o governo italiano e o Vaticano.

– Primeira cerimônia de premiação da indústria cinematográfica norte-americana, o Oscar, em Hollywood.

– O dirigível alemão *Zeppelin* completa a volta ao mundo.
– Quebra da Bolsa de Nova York, marcando o início da Grande Depressão.
– Stalin é proclamado líder absoluto da União Soviética.
– Criado, no México, o Partido Revolucionário Institucional (PRI), que permanece no poder até o ano 2000.

1930

CDA:

– Publica, com recursos próprios e tiragem de 500 exemplares, *Alguma poesia*, seu livro de estreia, pela Edições Pindorama, do amigo Eduardo Frieiro. No lançamento, outro amigo, Milton Campos, saúda o poeta em um grande banquete no Automóvel Club. Na ocasião, Drummond profere seu famoso discurso do "anjo delicadamente torto do lado do coração".
– Envia o livro ao amigo Mário de Andrade, em 27 de abril, acompanhado de uma carta: "Eis aí Mário e amigo, a história da impressão de minha obrinha primeira. Ela aí vai. Sua opinião me interessa mais do que a de qualquer outro."
– Assume o cargo de auxiliar de gabinete de Cristiano Machado, secretário do Interior do governo de Minas Gerais. Ao irromper a Revolução de Outubro, que transforma aquela paragem burocrática em centro de operações militares, passa a oficial de gabinete, quando seu amigo Gustavo Capanema substitui Cristiano Machado.
– Em uma crônica, expressa sua "paixão" por Greta Garbo: "Cinema com o rosto escorrido e o olho parado de Greta Garbo no cartaz é cinema cheio. A penumbra da sala enche-se de êxtases e de corações batendo pela sorte da mulher-orquídea, mulher cheia de ossos e intenções, que a gente não sabe se está pelo avesso ou

pelo direito, mulher gelada e fatal, mulher do golpe do mistério. E ninguém sabe explicar por que motivo Greta Garbo desarranja tanto a nossa máquina sentimental de sertanejos envernizados" (da crônica "O fenômeno Greta Garbo", publicada no jornal *Minas Gerais* em 18 de maio de 1930).
– Publica no jornal *Estado de Minas*, entre outros, os poemas "Canção dos amigos", "Também já fui brasileiro", "Toada do amor", "Europa, França e Bahia", "Política literária", "Poema do jornal", "Fuga", "O sobrevivente", "Cota zero", "Iniciação amorosa", "Balada do amor através das idades", "Cabaré mineiro", "Quero me casar", "Sesta", "Poema da purificação" e "O voo sobre as igrejas", alguns deles incluídos no livro *Alguma poesia*.
– Publica diversas crônicas no jornal *Minas Gerais* entre março e agosto, quase todas com o pseudônimo Antônio Crispim.

Literatura brasileira:

– Mário de Andrade lança o livro de poesia *Remate de males*.
– Rachel de Queiroz lança o romance *O Quinze*, considerado um marco da literatura regionalista e de caráter social no Brasil.
– Manuel Bandeira lança o livro de poemas *Libertinagem*, considerado sua primeira obra de caráter totalmente modernista, que inclui poemas célebres como "Evocação do Recife" e "Vou-me embora pra Pasárgada".

Vida nacional:

– Assassinato de João Pessoa, no Recife, em 26 de julho. Eclode a Revolução de 1930, que resulta no fim da Primeira República e na tomada do poder por Getúlio Vargas.
– Nossa Senhora Aparecida é declarada padroeira do Brasil pelo papa Pio XI.
– Criação do Ministério da Educação e Saúde Pública e do Ministério do Trabalho.
– Fundação da Ordem dos Advogados do Brasil (OAB).

Mundo:

– Decreto na União Soviética transforma grandes e médias propriedades rurais em fazendas coletivas, os chamados colcozes.
– A seleção do Uruguai vence, em Montevidéu, a primeira Copa do Mundo de futebol.
– O general José Félix Uriburu derruba o presidente Hipólito Yrigoyen e inicia período ditatorial na Argentina.
– O partido nazista torna-se o segundo maior na Alemanha, com 107 deputados. No mês seguinte, comparecem uniformizados a uma sessão do Parlamento.

1931

CDA:

– Torna-se oficial de gabinete do amigo Gustavo Capanema, na Secretaria do Interior do governo de Minas Gerais.
– Falece seu pai Carlos de Paula Andrade, em 28 de julho, aos 70 anos. "No deserto de Itabira / a sombra de meu pai / tomou-me pela mão. / Tanto tempo perdido. / Porém nada dizia. / Não era dia nem noite. / Suspiro? Voo de pássaro? / Porém nada dizia. / [...] / A pequena área da vida / me aperta contra o seu vulto, / e nesse abraço diáfano / é como se eu me queimasse / todo, de pungente amor." (do poema "Viagem na família", em *José*).
– Sua mãe passa a viver num apartamento do Hospital São Lucas, em Belo Horizonte, onde dispunha de serviços médicos e religiosos, que o poeta conseguiu por intermédio do provedor do hospital, o político José Maria Alkmin.

Literatura brasileira:

– Jorge Amado estreia na literatura com o romance *O país do Carnaval*.

Vida nacional:

– O governo de Getúlio Vargas promove grandes reformulações na estrutura legal, administrativa e social do Brasil, ao criar a Lei de Sindicalização, que submete os sindicatos a delegados do Ministério do Trabalho; as concessões de emissoras de rádio, que passam a ser um direito exclusivo do governo federal; e o Conselho Nacional do Café.
– Inauguração da estátua do Cristo Redentor, no Rio de Janeiro.
– Fundação da Livraria José Olympio, no Rio de Janeiro. "J.O. criara uma coisa que não acaba mais." (da crônica "A casa", em *Fala, amendoeira*).

Mundo:

– Queda do rei da Espanha, Afonso XIII, e proclamação da Segunda República Espanhola.
– Inauguração do edifício Empire State, de 102 andares, em Nova York, o mais alto do mundo até então.
– Charles Chaplin lança um de seus filmes mais emblemáticos, *Luzes da cidade*. "[...] era preciso que um antigo rapaz de vinte anos, / preso à tua pantomima por filamentos de ternura e riso dispersos no tempo, / viesse recompô-los e, homem maduro, te visitasse / [...] / Para dizer-te como os brasileiros te amam." (do poema "Canto ao homem do povo Charlie Chaplin", em *A rosa do povo*).

1932

CDA:

– Publica, como colaboração especial no jornal *Estado de Minas*, o poema "Necrológio dos desiludidos do amor", uma provocação modernista no dia de Natal.

– Solidário ao amigo Mário de Andrade por ocasião da Revolução Constitucionalista, em São Paulo, Drummond escreve-lhe uma carta em 10 de outubro: "Estou certo que você viveu todo o drama, e mais dramaticamente ainda que os outros, pois sua inteligência implacável há de ter espiado os acontecimentos, os entusiasmos, as paixões, ao passo que no grande número apenas o instinto comandava. Eu também, do meu lado, fiz o que pude. Mas apenas produzi palavras."

Literatura brasileira:

– Murilo Mendes lança o livro de "poemas-piada" *História do Brasil*.
– José Lins do Rego estreia na literatura com o romance *Menino de engenho*.

Vida nacional:

– A mulher conquista o direito ao voto.
– Criação da Carteira de Trabalho, no governo Vargas, e estabelecimento da jornada de 8 horas.
– Tem início a Revolução Constitucionalista de 1932, em São Paulo, contra o governo Vargas.
– Santos Dumont comete suicídio, no Guarujá, São Paulo. O uso bélico dos aviões na Revolução Constitucionalista era para ele motivo de imenso desgosto.
– Criação do partido da Ação Integralista Brasileira, liderado por Plínio Salgado.
– Criação do Partido Socialista Brasileiro.

Mundo:

– O nazismo vence as eleições na Alemanha.
– Em protesto ao sistema eleitoral da Índia, Gandhi inicia greve de fome na prisão.
– Franklin Roosevelt é eleito presidente dos Estados Unidos.

– Greta Garbo estrela o filme *Grande Hotel*, um de seus maiores sucessos. "[...] disfarço-me de groom no Grande Hotel / para conferi-la na intimidade sem véus de bailarina." (do poema "Os 27 filmes de Greta Garbo", em *Farewell*).

1933

CDA:

– Trabalha como redator do jornal *A Tribuna*.
– Assessora o amigo Gustavo Capanema durante os três meses em que este foi interventor federal em Minas Gerais.

Literatura brasileira:

– Oswald de Andrade lança o romance *Serafim Ponte Grande*.
– Graciliano Ramos estreia na literatura com o romance *Caetés*.
– Vinicius de Moraes estreia na literatura com o livro de poemas *O caminho para a distância*.
– Com a publicação de *Cacau*, Jorge Amado inicia o chamado "Ciclo do Cacau", cujos romances se inserem no quadro do regionalismo e da denúncia social.
– José Lins do Rego publica o romance *Doidinho*.

Vida nacional:

– O futebol se profissionaliza. São criados dois torneios no Rio de Janeiro: um profissional, com os times Fluminense, Vasco, América, Bangu e Bonsucesso, e outro, ainda amador, com Flamengo, Botafogo e São Cristóvão.
– Carmen Miranda consolida seu sucesso com o filme *A voz do Carnaval*.
– Criação do Instituto do Açúcar e do Álcool.

Mundo:

– Com a nomeação de Hitler como novo chanceler da Alemanha, pelo presidente Paul von Hindenburg, é proclamado o Terceiro Reich.
– Nazistas exigem que a Alemanha deixe a Liga das Nações.
– Em Portugal, Salazar dá início à ditadura do Estado Novo.
– Estados Unidos adotam a política do *New Deal*.

BIBLIOGRAFIA DE CARLOS DRUMMOND DE ANDRADE

POESIA:

Alguma poesia. Belo Horizonte: Edições Pindorama, 1930.
Brejo das almas. Belo Horizonte: Os Amigos do Livro, 1934.
Sentimento do mundo. Rio de Janeiro: Pongetti, 1940.
Poesias. Rio de Janeiro: José Olympio, 1942. [*Alguma poesia, Brejo das almas, Sentimento do mundo, José*.]*[4]
A rosa do povo. Rio de Janeiro: José Olympio, 1945.
Poesia até agora. Rio de Janeiro: José Olympio, 1948. [*Alguma poesia, Brejo das almas, Sentimento do mundo, José, A rosa do povo, Novos poemas*.]
Claro enigma. Rio de Janeiro: José Olympio, 1951.
Viola de bolso. Rio de Janeiro: Serviço de Documentação do MEC, 1952.
Fazendeiro do ar & Poesia até agora. Rio de Janeiro: José Olympio, 1954.
Viola de bolso novamente encordoada. Rio de Janeiro: José Olympio, 1955.
50 poemas escolhidos pelo autor. Rio de Janeiro: Serviço de Documentação do MEC, 1956.

---

* A presente bibliografia de Carlos Drummond de Andrade restringe-se às primeiras edições de seus livros, excetuando obras renomeadas. Nos casos em que os livros não tiveram primeira edição independente, os respectivos títulos aparecem entre colchetes juntamente com os demais a compor a coletânea na qual vieram a público pela primeira vez. [N. do E.]

Poemas. Rio de Janeiro: José Olympio, 1959. [*Alguma poesia, Brejo das Almas, Sentimento do mundo, José, A rosa do povo, Novos poemas, Claro enigma, Fazendeiro do ar* e *A vida passada a limpo*.]

Antologia poética. Rio de Janeiro: Editora do Autor, 1962.

Lição de coisas. Rio de Janeiro: José Olympio, 1962.

José & outros. Rio de Janeiro: José Olympio, 1967. [*José, Novos poemas, Fazendeiro do ar, A vida passada a limpo, 4 poemas, Viola de bolso II*.]

Versiprosa. Rio de Janeiro: José Olympio, 1967.

Boitempo & A falta que ama. [*(In) Memória – Boitempo I*]. Rio de Janeiro: Sabiá, 1968.

Reunião: 10 livros de poesia. Introdução de Antonio Houaiss. Rio de Janeiro: José Olympio, 1969. [*Alguma poesia, Brejo das almas, Sentimento do mundo, José, A rosa do povo, Novos poemas, Claro enigma, Fazendeiro do ar, A vida passada a limpo, Lição de coisas* e *4 poemas*.]

As impurezas do branco. Rio de Janeiro: José Olympio, 1973.

Menino antigo (*Boitempo II*). Rio de Janeiro: José Olympio; Brasília: Instituto Nacional do Livro, 1973.

Esquecer para lembrar (*Boitempo III*). Rio de Janeiro: José Olympio, 1979.

A paixão medida. Ilustrações de Emeric Marcier. Rio de Janeiro: Alumbramento, 1980.

Nova reunião: 19 livros de poesia. 2 vols. Rio de Janeiro: José Olympio; Brasília: Instituto Nacional do Livro, 1983.

O elefante. Ilustrações de Regina Vater. Rio de Janeiro: Record, 1983.

Corpo. Ilustrações de Carlos Leão. Rio de Janeiro: Record, 1984.

Amar se aprende amando. Capa de Anna Leticya. Rio de Janeiro: Record, 1985.

Boitempo I e II. Rio de Janeiro: Record, 1987.

Poesia errante: derrames líricos (e outros nem tanto, ou nada). Rio de Janeiro: Record, 1988.

O amor natural. Ilustrações de Milton Dacosta. Rio de Janeiro: Record, 1992.

Farewell. Vinhetas de Pedro Augusto Graña Drummond. Rio de Janeiro: Record, 1996.
Poesia completa: volume único. Fixação de texto e notas de Gilberto Mendonça Teles. Introdução de Silviano Santiago. Rio de Janeiro: Nova Aguilar, 2002.
Declaração de amor, canção de namorados. Organização de Pedro Augusto Graña Drummond e Luis Mauricio Graña Drummond. Rio de Janeiro: Record, 2005.
Versos de circunstância. Organização de Eucanaã Ferraz. São Paulo: Instituto Moreira Salles, 2011.
Nova reunião: 23 livros de poesia. 3 vols. Rio de Janeiro: BestBolso, 2013.

CONTO:

O gerente. Rio de Janeiro: Horizonte, 1945.
Contos de aprendiz. Rio de Janeiro: José Olympio, 1951.
70 historinhas. Rio de Janeiro: José Olympio, 1978.
Contos plausíveis. Ilustrações de Irene Peixoto e Márcia Cabral. Rio de Janeiro: José Olympio; Editora JB, 1981.
Histórias para o rei. Rio de Janeiro: Record, 1997.

CRÔNICA:

Fala, amendoeira. Rio de Janeiro: José Olympio, 1957.
A bolsa & a vida. Rio de Janeiro: Editora do Autor, 1962.
Para gostar de ler. Com Fernando Sabino, Paulo Mendes Campos e Rubem Braga. Rio de Janeiro: Editora do Autor, 1962.
Quadrante. Com Cecília Meireles, Dinah Silveira de Queiroz, Fernando Sabino, Manuel Bandeira, Paulo Mendes Campos e Rubem Braga. Rio de Janeiro: Editora do Autor, 1962.
Quadrante II. Com Cecília Meireles, Dinah Silveira de Queiroz, Fernando Sabino, Manuel Bandeira, Paulo Mendes Campos e Rubem Braga. Rio de Janeiro: Editora do Autor, 1962.

Cadeira de balanço. Rio de Janeiro: José Olympio, 1966.
Caminhos de João Brandão. Rio de Janeiro: José Olympio, 1970.
O poder ultrajovem. Rio de Janeiro: José Olympio, 1972.
De notícias & não notícias faz-se a crônica, histórias, diálogos, divagações. Rio de Janeiro: José Olympio, 1974.
Os dias lindos. Rio de Janeiro: José Olympio, 1977.
Crônica das favelas cariocas. Rio de Janeiro: [edição particular], 1981.
Boca de luar. Rio de Janeiro: Record, 1984.
Crônicas 1930-1934. Crônicas de Drummond assinadas com os pseudônimos Antônio Crispim e Barba Azul. *Revista do Arquivo Público Mineiro*, Belo Horizonte, ano XXXV, 1984.
Moça deitada na grama. Rio de Janeiro: Record, 1987.
Autorretrato e outras crônicas. Seleção de Fernando Py. Rio de Janeiro: Record, 1989.
Quando é dia de futebol. Organização de Pedro Augusto Graña Drummond e Luis Mauricio Graña Drummond. Rio de Janeiro: Record, 2002.
Receita de Ano Novo. Organização de Pedro Augusto Graña Drummond e Luis Mauricio Graña Drummond. Ilustrações de Mariana Massarani. Rio de Janeiro: Record, 2008.

OBRA REUNIDA:

Obra completa. Estudo crítico de Emanuel de Moraes, fortuna crítica, cronologia e bibliografia. Rio de Janeiro: Nova Aguilar, 1964.
Poesia completa e prosa. Estudo crítico de Emanuel de Moraes, fortuna crítica, cronologia e bibliografia. Rio de Janeiro: Nova Aguilar, 1973.
Poesia e prosa. Estudo crítico de Emanuel de Moraes, fortuna crítica, cronologia e bibliografia. Rio de Janeiro: Nova Aguilar, 1979.

ENSAIO E CRÍTICA:

Confissões de Minas. Rio de Janeiro: Americ-Edit, 1944.

García Lorca e a cultura espanhola. Rio de Janeiro: Ateneu Garcia Lorca, 1946.

Passeios na ilha: divagações sobre a vida literária e outras matérias. Rio de Janeiro: Simões, 1952.

O observador no escritório. Rio de Janeiro: Record, 1985.

O avesso das coisas: aforismos. Ilustrações de Jimmy Scott. Rio de Janeiro: Record, 1987.

Conversa de livraria 1941 e 1948. Reunião de textos assinados sob os pseudônimos de O Observador Literário e Policarpo Quaresma, Neto. Porto Alegre: AGE; São Paulo: Giordano, 2000.

Amor nenhum dispensa uma gota de ácido: escritos de Carlos Drummond de Andrade sobre Machado de Assis. Organização de Hélio de Seixas Guimarães. São Paulo: Três Estrelas, 2019.

INFANTIL:

O pipoqueiro da esquina. Ilustrações de Ziraldo. Rio de Janeiro: Codecri, 1981.

História de dois amores. Ilustrações de Ziraldo. Rio de Janeiro: Record, 1985.

O sorvete e outras histórias. São Paulo: Ática, 1993.

A cor de cada um. Rio de Janeiro: Record, 1996.

A senha do mundo. Rio de Janeiro: Record, 1996.

Criança dagora é fogo. Rio de Janeiro: Record, 1996.

Vó caiu na piscina. Rio de Janeiro: Record, 1996.

Rick e a girafa. Ilustrações de Maria Eugênia. São Paulo: Ática, 2001.

Menino Drummond. Ilustrações de Angela Lago. São Paulo: Companhia das Letrinhas, 2021.

O gato solteiro e outros bichos. Organização de Pedro Augusto Graña Drummond. Rio de Janeiro: Record, 2022.

BIBLIOGRAFIA SOBRE CARLOS DRUMMOND DE ANDRADE (SELETA)

ACHCAR, Francisco. *A rosa do povo & Claro enigma*: roteiro de leitura. São Paulo: Ática, 1993.

AGUILERA, Maria Veronica Silva Vilariño. *Carlos Drummond de Andrade*: a poética do cotidiano. Rio de Janeiro: Expressão e Cultura, 2002.

AMZALAK, José Luiz. *De Minas ao mundo vasto mundo*: do provinciano ao universal na poética de Carlos Drummond de Andrade. São Paulo: Navegar, 2003.

ANDRADE, Carlos Drummond; SARAIVA, Arnaldo (org.). *Uma pedra no meio do caminho*: biografia de um poema. Apresentação de Arnaldo Saraiva. Rio de Janeiro: Editora do Autor, 1967.

ARQUIVO-MUSEU DE LITERATURA BRASILEIRA. *Inventário do Arquivo Carlos Drummond de Andrade*. Apresentação de Eliane Vasconcelos. Rio de Janeiro: Fundação Casa de Rui Barbosa, 1998.

ARRIGUCCI JR., Davi. *Coração partido*: uma análise da poesia reflexiva de Drummond. São Paulo: Cosac Naify, 2002.

BARBOSA, Rita de Cássia. *Poemas eróticos de Carlos Drummond de Andrade*. São Paulo: Ática, 1987.

BISCHOF, Betina. *Razão da recusa*: um estudo da poesia de Carlos Drummond de Andrade. São Paulo: Nankin, 2005.

BOSI, Alfredo. *Três leituras*: Machado, Drummond, Carpeaux. São Paulo: 34, 2017.

BRASIL, Assis. *Carlos Drummond de Andrade*: ensaio. Rio de Janeiro: Livros do Mundo Inteiro, 1971.

BRAYNER, Sônia (org.). *Carlos Drummond de Andrade*. Coleção Fortuna Crítica 1. Rio de Janeiro: Civilização Brasileira, 1977.

CAMILO, Vagner. *Drummond*: da rosa do povo à rosa das trevas. São Paulo: Ateliê, 2001.

CAMINHA, Edmílson (org.). *Drummond*: a lição do poeta. Teresina: Corisco, 2002.

_____. *O poeta Carlos & outros Drummonds*. Brasília: Thesaurus, 2017.

CAMPOS, Haroldo de. *A máquina do mundo repensada*. São Paulo: Ateliê, 2000.

CAMPOS, Maria José. *Drummond e a memória do mundo*. Belo Horizonte: Anome Livros, 2010.

CANÇADO, José Maria. *Os sapatos de Orfeu*: biografia de Carlos Drummond de Andrade. São Paulo: Scritta, 1993.

CARVALHO, Leda Maria Lage. *O afeto em Drummond*: da família à humanidade. Itabira: Dom Bosco, 2007.

CHAVES, Rita. *Carlos Drummond de Andrade*. São Paulo: Scipione, 1993.

COÊLHO, Joaquim-Francisco. *Terra e família na poesia de Carlos Drummond de Andrade*. Belém: Universidade Federal do Pará, 1973.

CORREIA, Marlene de Castro. *Drummond*: a magia lúcida. Rio de Janeiro: Jorge Zahar, 2002.

COSTA, Francisca Alves Teles. *O constante diálogo na poesia de Carlos Drummond de Andrade*. Fortaleza: Secretaria de Cultura e Desporto, 1987.

COUTO, Ozório. *A mesa de Carlos Drummond de Andrade*. Ilustrações de Yara Tupynambá. Belo Horizonte: ADI Edições, 2011.

CRUZ, Domingos Gonzalez. *No meio do caminho tinha Itabira*: a presença de Itabira na obra de Carlos Drummond de Andrade. Rio de Janeiro: Achiamé; Calunga, 1980.

CUNHA, Maria Antonieta Antunes. *O discurso indireto livre em Carlos Drummond de Andrade*. Belo Horizonte: Imprensa Oficial, 1971.

_____. *Carlos Drummond de Andrade*. São Paulo: Moderna, 2006.

CURY, Maria Zilda Ferreira. *Horizontes modernistas*: o jovem Drummond e seu grupo em papel jornal. Belo Horizonte: Autêntica, 1998.

DALL'ALBA, Eduardo. *Drummond*: a construção do enigma. Caxias do Sul: EDUCS, 1998.

_____. *Noite e música na poesia de Carlos Drummond de Andrade*. Porto Alegre: AGE, 2003.

DIAS, Márcio Roberto Soares. *Da cidade ao mundo*: notas sobre o lirismo urbano de Carlos Drummond de Andrade. Vitória da Conquista: Edições UESB, 2006.

FERREIRA, Diva. *De Itabira... um poeta*. Itabira: Saitec Editoração, 2004.

GALDINO, Márcio da Rocha. *O cinéfilo anarquista*: Carlos Drummond de Andrade e o cinema. Belo Horizonte: BDMG, 1991.

GARCIA, Nice Seródio. *A criação lexical em Carlos Drummond de Andrade*. Rio de Janeiro: Rio, 1977.

GARCIA, Othon Moacyr. *Esfinge clara*: palavra-puxa-palavra em Carlos Drummond de Andrade. Rio de Janeiro: São José, 1955.

GLEDSON, John. *Poesia e poética de Carlos Drummond de Andrade*. Tradução do autor. São Paulo: Duas Cidades, 1982.

_____. *Influências e impasses: Drummond e alguns contemporâneos*. São Paulo: Companhia das Letras, 2003.

GUIMARÃES, Júlio Castañon. *Distribuição de papéis*: Murilo Mendes escreve a Carlos Drummond de Andrade e a Lúcio Cardoso. Rio de Janeiro: Fundação Casa de Rui Barbosa, 1996.

GUIMARÃES, Raquel Beatriz Junqueira. *Pedro Nava, leitor de Drummond*. Campinas: Pontes, 2002.

HOUAISS, Antonio. *Drummond mais seis poetas e um problema*. Rio de Janeiro: Imago, 1976.

INOJOSA, Joaquim. *Os Andrades e outros aspectos do Modernismo*. Rio de Janeiro: Civilização Brasileira, 1975.

KINSELLA, John. *Diálogo de conflito*: a poesia de Carlos Drummond de Andrade. Natal: Editora da UFRN, 1995.

LAUS, Lausimar. *O mistério do homem na obra de Drummond*. Rio de Janeiro: Tempo Brasileiro; Brasília: Instituto Nacional do Livro, 1978.

LIMA, Mirella Vieira. *Confidência mineira*: o amor na poesia de Carlos Drummond de Andrade. Campinas: Pontes; São Paulo: EDUSP, 1995.

LINHARES FILHO. *O amor e outros aspectos em Drummond*. Fortaleza: Editora UFC, 2002.

LOPES, Carlos Herculano. *O vestido*. São Paulo: Geração Editorial, 2004.

LUCAS, Fábio. *O poeta e a mídia*: Carlos Drummond de Andrade e João Cabral de Melo Neto. São Paulo: Senac, 2003.

MAIA, Maria Auxiliadora. *Viagem ao mundo* gauche *de Drummond*. Salvador: Edição da autora, 1984.

MALARD, Letícia. *No vasto mundo de Drummond*. Belo Horizonte: Editora UFMG, 2005.

MARIA, Luzia de. *Drummond*: um olhar amoroso. Rio de Janeiro: Léo Christiano Editorial, 1998.

MARQUES, Ivan. *Cenas de um modernismo de província*: Drummond e outros rapazes de Belo Horizonte. São Paulo: 34, 2011.

MARTINS, Hélcio. *A rima na poesia de Carlos Drummond de Andrade*. Introdução de Antonio Houaiss. Rio de Janeiro: José Olympio, 1968.

MARTINS, Maria Lúcia Milléo. *Duas artes*: Carlos Drummond de Andrade e Elizabeth Bishop. Belo Horizonte: Editora UFMG, 2006.

MELO, Tarso de; STERZI, Eduardo. *7 X 2 (Drummond em retrato)*. Santo André: Alpharrabio, 2002.

MERQUIOR, José Guilherme. *Verso universo em Drummond*. Tradução de Marly de Oliveira. Rio de Janeiro: José Olympio, 1975.

MONTEIRO, Salvador; KAZ, Leonel (orgs.). *Drummond frente e verso*: fotobiografia de Carlos Drummond de Andrade. Rio de Janeiro: Alumbramento; Livroarte, 1989.

MORAES, Emanuel de. *Drummond rima Itabira mundo*. Rio de Janeiro: José Olympio, 1972.

MORAES, Lygia Marina. *Conheça o escritor brasileiro Carlos Drummond de Andrade*. Rio de Janeiro: Record, 1977.

MORAES NETO, Geneton. *O dossiê Drummond*. São Paulo: Globo, 1994.

MOTTA, Dilman Augusto. *A metalinguagem na poesia de Carlos Drummond de Andrade*. Rio de Janeiro: Presença, 1976.

NOGUEIRA, Lucila. *Ideologia e forma literária em Carlos Drummond de Andrade*. Recife: Fundarpe, 1990.

PY, Fernando. *Bibliografia comentada de Carlos Drummond de Andrade (1918-1930)*. Rio de Janeiro: José Olympio; Brasília: Instituto Nacional do Livro, 1980.

ROSA, Sérgio Ribeiro. *Pedra engastada no tempo*: ao cinquentenário do poema de Carlos Drummond de Andrade. Porto Alegre: Cultura Contemporânea, 1978.

SAID, Roberto. *A angústia da ação*: poesia e política em Drummond. Curitiba: Editora UFPR; Belo Horizonte: Editora UFMG, 2005.

SANT'ANNA, Affonso Romano de. *Drummond, o gauche no tempo*. Rio de Janeiro: Lia Editor; Instituto Nacional do Livro, 1972.

SANTIAGO, Silviano. *Carlos Drummond de Andrade*. Petrópolis: Vozes, 1976.

SANTOS, Vivaldo Andrade dos. *O trem do corpo*: estudo da poesia de Carlos Drummond de Andrade. São Paulo: Nankin, 2006.

SCHÜLER, Donaldo. *A dramaticidade na poesia de Drummond*. Porto Alegre: URGS, 1979.

SILVA, Sidimar. *A poeticidade na crônica de Drummond*. Goiânia: Kelps, 2007.

SIMON, Iumna Maria. *Drummond*: uma poética do risco. São Paulo: Ática, 1978.

SÜSSEKIND, Flora. *Cabral – Bandeira – Drummond*: alguma correspondência. Rio de Janeiro: Fundação Casa de Rui Barbosa, 1996.

SZKLO, Gilda Salem. *As flores do mal nos jardins de Itabira*: Baudelaire e Drummond. Rio de Janeiro: Agir, 1995.

TALARICO, Fernando Braga Franco. *História e poesia em Drummond*: A rosa do povo. Bauru: EDUSC, 2011.

TEIXEIRA, Jerônimo. *Drummond*. São Paulo: Abril, 2003.

_____. *Drummond cordial*. São Paulo: Nankin, 2005.

TELES, Gilberto Mendonça. *Drummond*: A estilística da repetição. Prefácio de Othon Moacyr Garcia. Rio de Janeiro: José Olympio, 1970.

VASCONCELLOS, Eliane. *O Arquivo-Museu de Literatura Brasileira*: um sonho drummondiano. Rio de Janeiro: Fundação Casa de Rui Barbosa, 2002.

VIANA, Carlos Augusto. *Drummond*: a insone arquitetura. Fortaleza: Editora UFC, 2003.

VIEIRA, Regina Souza. *Boitempo*: autobiografia e memória em Carlos Drummond de Andrade. Rio de Janeiro: Presença, 1992.

VILLAÇA, Alcides. *Passos de Drummond*. São Paulo: Cosac Naify, 2006.

WALTY, Ivete Lara Camargos; CURY, Maria Zilda Ferreira (org.). *Drummond*: poesia e experiência. Belo Horizonte: Autêntica, 2002.

WISNIK, José Miguel. *Maquinação do mundo*: Drummond e a mineração. São Paulo: Companhia das Letras, 2018.

YUNES, Eliana; BINGEMER, Maria Clara L. (org.). *Murilo, Cecília e Drummond*: 100 anos com Deus na poesia brasileira. São Paulo: Loyola, 2004.

ÍNDICE DE PRIMEIROS VERSOS

A dançarina espanhola de Montes Claros, 64
A família mineira, 70
A noite caiu na minh'alma, 28
A rede entre duas mangueiras, 61
A saparia desesperada, 45
As atitudes inefáveis, 49
Casas entre bananeiras, 48
Depois de tantos combates, 79
E o amor sempre nessa toada, 18
Era uma vez um czar naturalista, 58
Eu não vi o mar, 27
Eu também já fui brasileiro, 16
Eu te gosto, você me gosta, 62
Foi no Rio, 42
Gastei uma hora pensando um verso, 44
Impossível compor um poema a essa altura da evolução da humanidade, 56
João amava Teresa que amava Raimundo, 54
Meu pai montava a cavalo, ia para o campo, 13
Meu verso é minha consolação, 75
Meus olhos brasileiros sonhando exotismos, 19
Meus olhos espiam, 57

Meus olhos têm melancolias, 21
Na minha rua estão cortando árvores, 26
Natal, 29
Nenhum desejo neste domingo, 34
No azul do céu de metileno, 14
No meio do caminho tinha uma pedra, 32
O fato ainda não acabou de acontecer, 38
O homem disse para o amigo, 67
O poeta chega na estação, 40
O poeta municipal, 30
Os romeiros sobem a ladeira, 77
Papai Noel entrou pela porta dos fundos, 52
Pobre rei de Sião que morreu de desgosto, 69
Ponho-me a escrever teu nome, 31
Quando nasci, um anjo torto, 11
Quebra-luz, aconchego, 39
Quero me casar, 65
Stop, 60
Suores misturados, 72
Tenho vontade de, 35
Tijolo, 33
Três meninos e duas meninas, 55
Tristeza de ver a tarde cair, 66
Um grito pula no ar como foguete, 17
Um silvo breve: Atenção, siga, 51
Uma coisa triste no fundo da sala, 59
Verdes bulindo, 46
Vivia jogado em casa, 36

Carlos Drummond de Andrade

Este livro foi composto na tipografia
Arno Pro, em corpo 11/14, e impresso em
papel off-white no Sistema Cameron da
Divisão Gráfica da Distribuidora Record.